Sabine Krell

Die Haare auf den Zähnen der Sabine K.

AF138746

Sabine Krell

Die Haare auf den Zähnen der Sabine K.

Fast wahre Geschichten und so weiter

Books on Demand

Bibliografische Information der Deutschen Nationalbibliothek:
Die Deutsche Nationalbibliothek verzeichnet diese Pub-
likation in der Deutschen Nationalbibliografie; detaillier-
te bibliografische Daten sind im Internet über
http://dnb.d-nb.de abrufbar.

Krell, Sabine:
Die Haare auf den Zähnen der Sabine K. /
3., erw., überarb. u. verb. Aufl. Norderstedt: BoD 2019

Herstellung und Verlag:
Books on Demand, 22848 Norderstedt
ISBN 978-3-7392-1711-6

Geneigte Leserin,
werter Leser,

man sagt mir manchmal, ich hätte
„Haare auf den Zähnen". Auch die Attribute
„Saure Gurke" und „altbacken" habe ich mir schon ge-
fallen lassen. Vereinzelt sind die jeweiligen Rückmel-
dungen – von privater wie auch fachlicher Seite –
den Texten [in eckigen Klammern] vorangestellt.
In jedem Fall ist dieses Bändchen die Beweis-
führung für oder wider diese Behauptungen,
weshalb ich die Texte niemandem
vorenthalten möchte.
Entscheiden Sie selbst!

Sabine Krell

Ganz wichtig:

Für einige der Schwäbischen Geschichten
sei Johanna Katharina Riebesam gedankt.

Ihr und Emilie Bofinger gilt außerdem
mein Dank für die alten Sprüche.

Darüber hinaus hat meine Mutter
Christl Hübner zu einigen Texten
ihren Beitrag geleistet. Danke, Mama!

Aufgespießt

Schöntacknoch

Im Supermarkt, beim Friseur, beim Metzger, überall heißt es: „Schönen Tag noch."
Manchmal wird das A gezogen. „Schönen Taaag!" Andere dagegen machen's kurz und knackig: „Schöntacknoch". Das sind oft Nordlichter. Oder Männer.
Selten hört man auch: „Ich wünsch' Ihnen noch 'n schöönen Taag." Wünschen oder verwünschen? ...

Neulich sagte in einem Film der ehebrechende Mann zu seiner Frau: „Hab's schöön." Mitten in der Nacht. Da hatte sie ihn angerufen, Arges ahnend.

So ein Taag, so wunderschön wie hoite... Was ist das? Einer mit Sonnenschein? Einer mit Lottogewinn? Was, wenn mir der A… voller Tränen hängt? „Schönen Tag noch!" Na, super.

Und sehen wir es mal von der anderen Seite: Schön ist das Gegenteil von hässlich. Gibt es einen hässlichen Tag? Nein. Einen hässlichen ehebrechenden Mann dagegen schon. Klar, der ist nicht wünschenswert. Aber ist es ein schöner ehebrechender Mann vielleicht? Eben!

Aber zurück zur Supermarktkasse. Es hat nämlich soeben Blitzeis gegeben. Und mit dem Wunsch im Rücken, dass dieser Tag noch schön sein werde, rutscht die Beschenkte aus und landet mit einem glatten Knöchelbruch in der Notfallambulanz. Dort wird ihr das Bein bis unters Knie eingegipst, man drückt ihr zwei Krücken in die Hand und verabschiedet sich von ihr.

Gute Besserung!

Ade!

Schöntacknoch!

Klemmle und Spengle

Ein „Spengle" ist eine flache Spange mit der man eine Haarsträhne feststeckt. Manche Spengla lassen sich auch mit einem Klick öffnen und schließen. Die haben meistens Glitzerlack oder Bildchen drauf, Erdbeeren, Schleifchen, Bären. Die Rolls Royces unter den Spengla sind mit Strassbesatz.

Ein „Klemmerle" dagegen ist so etwas wie eine Wäscheklammer. Es hat eine Metallfeder und zum Aufklappen drückt man es hinten zusammen.

Jetzt kommt das „Klemmle" ins Spiel. Ein Klemmle kann durchaus ein Spengle sein (Anwendungsfall siehe oben), niemals aber ein Klemmerle. Bindet man damit aber das Ende eines Zopfs zusammen, ist es in jedem Fall ein Spengle, weil es aus Gummi und Verzierung besteht. Dreidimensional, eine zweite Spielart des Spengle also, und eben kein Klemmle mehr (vom Fall des schnöden Zopfgummis sehen wir aus ästhetischen Gründen mal ab).

Wem das Klemmle-Universum nun immer noch suspekt ist, dem empfiehlt sich eine Kurzhaarfrisur. Es sei denn, er hat es auf Kurzhaar-Spengla abgesehen. Allerdings wären hier auch Klemmerla eine nicht zu vernachlässigende Alternative, …den Spengla zum Verwechseln ähnlich…, das heißt, es gibt… Ach, so. Klemmla mit Haarteil – die allerdings ohne… Wie? Spengla für Männer, …was? Mit Glatze?

Hauptsache Nebensache

Sonntagabends, ARD. Eine Frau kommt aus der Disko, gibt einem Mann eine Ohrfeige, er würgt sie von hinten mit einem Gürtel, drückt sie runter, und dann geht alles ganz schnell. Zu Hause entpuppt sie sich als Kriminalhauptkommissarin, deren Mann gerade dabei ist, sie zu verlassen und die sich unterwegs, vor lauter Frust?, ein Schäferstündchen gegönnt hat.
Oder im Internet: Eine junge Frau räkelt sich in Unterwäsche - Werbung für ein Möbelhaus.
Auch die Bücher über Porno + Co. nehmen zu. Leute erzählen, welche Filme sie da gucken und wie sich das auf ihren Alltag auswirkt.

Die Achtzehnjährigen lesen das und denken: Mit Mädchen kann man alles machen – nur nicht heiraten. Und die Jüngeren hocken vor der Glotze und wundern sich: Ach, soo geht das? Pfui Teufel.

Womit wir jetzt endlich den Grund für die niedrigen Geburtenraten in Deutschland gefunden hätten. Und zugleich die Lösung: Aus der Hauptsache wieder eine Nebensache machen. Hurra!

Weihnachtssingle

Gefühlt handeln 100,5 Prozent sämtlicher Songs, die von morgens bis abends im Radio rauf- und runtergedudelt werden von der großen Liebe, die entweder enttäuscht wurde oder vor Sehnsucht kaum auszuhalten ist. Das fällt dieser Tage besonders auf, in denen man mehr als sonst zu Hause ist und aufgrund der Besinnlichkeit vielleicht auch mehr Muse hat, auf die Texte zu achten.

Ich frage mich, was die Singles machen, die weder enttäuscht wurden noch sich in einer Phase unerträglicher Schmerzen befinden. Sie sind irgendwie von dieser Gemeinde der Leidenden ausgeschlossen. Angenommen von den über 40 Prozent der deutschen Singlehaushalte lebte nur die Hälfte der Zwanzig- bis Hundertjährigen aus Überzeugung ungebunden, womit soll sich diese identifizieren? Mit „Can't stop loving you?" (Phil Collins) – das Gesicht ganz nah vor dem Spiegel, und gleich hinterher trällernd: „Wenn wir uns begegnen, leuchten wir auf wie Kometen"? (Max Griesinger) Moment. Leuchtet ein Komet nicht erst, wenn er der Sonne nahe kommt? Autsch! Da sind sie ja wieder, diese unerträglichen Schmäääärzen.

Über die Freiheit sollte mal einer einen Song schreiben und über den Geschmack von Steinofenpizza morgens um zehn und über eine Shoppingtour ohne auch nur einen einzigen Einkauf, den man „vernünftig" nennen könnte und über lange und begleitkommentarfreie Telefonate mit dem besten Freund und über einen Fernsehtag, der sich eben einfach so ergeben hat. Ohne Anziehen und Zähneputzen. Und über regelmäßige freiwillige Arbeit bis in die Nacht hinein oder ein Wochenende unterwegs ohne, dass man sich irgendwo abmelden müsste und ohne, dass man weiß, ob man den Montag vielleicht kurzfristig noch dranhängen wird. Über ein debattenfreies, unabhängiges Leben, aus dem heraus eine freie Entfaltung möglich ist, die Eigenverantwortung ausbildet und über dieses grandiose Gefühl, es aus eigener Kraft geschafft zu haben. Ja. Darüber müsste einer wirklich mal einen Song schreiben.

Stattdessen „Bleeding Love" (Leona Lewis) und „Slave to Love" (Bryan Ferry) allerorten und das Tollste: „Wenn du neben mir liegst/Dann kann ich es kaum glauben/Dass jemand wie ich, sowas Schönes wie dich, verdient hat." (Silbermond). Kein Wunder wird der Niedergang des Abendlandes befürchtet bei diesen chronischen

Schmääärzen mit der Tendenz zur Selbstentwertung.

Ich bestell mir jetzt 'ne Pizza. Und dann schreibe ich einen Song über die Lebensfreude. Wer die Musik dazu machen will, kann mir seine Demo-Dateien schicken. Bewerber mit Humor und einem nüchternen Blick werden bei gleicher Eignung bevorzugt berücksichtigt.

Chillen

Kürzlich sagt mir ein junger Mann, er gehe heute nicht mehr zu seiner Freundin. Er habe keine Lust jetzt, mit der zu reden.
Ich frage ganz erstaunt, ob es Ärger gebe?
Nein, daraufhin er, sie will nur mit mir chillen. Aber ich bin heute so erledigt von der Arbeit, ich geh nach Hause und ins Bett.

Und jetzt kommt's: Was lernt Frau daraus? Dass ein Mann, unabhängig von Alter und Geschle… äh, also unabhängig vom Alter, keine Lust zum Chillen hat, wenn er dabei auch noch reden muss. Oder anders gesagt: Frau sollte ihn nie fragen, ob er sie besuchen möchte, wenn sie nicht mit einer Freikarte für den VfB aufwarten kann, die leider direkt hinter den schweren Garderobenschrank gerutscht ist, den man nur zu zweit hervorziehen kann. Aber Achtung: Der Schrank darf nicht zu schwer sein, da ein Hexenschuss ein entspanntes Miteinander nicht unbedingt begünstigt.

Allerdings könnte man diesen Fall dann unter „Lebenserfahrung" ablegen, die bekanntlich gelassen macht. Und Gelassenheit ist ein anderes Wort für Chillen. Clever, was?

Alles, was ich will

„Bescheidenheit ist eine Zier, doch weiter kommt man ohne ihr", sagte Oma. Oder war's meine Mutter? Egal. Jedenfalls muss es in der Werbebranche solche Mütter und Omas zuhauf geben, denn dort ist die Bescheidenheit offensichtlich abhanden gekommen. „Alles was ich will. Wann ich will." Und dann dieser Punkt dazwischen: „Alles. Punkt. Sofort." Oder: „Alles immer günstig." Und am besten auf einmal.

Mensch, Oma!, hast du dir mal überlegt, dass das nicht gut ist, alles auf einmal? Klar, vor 40 Jahren war das noch anders. Eine Schallplatte mit Heintje und eine mit Heino. Die Hilde Knef vielleicht noch. Aber dann war Schluss. Du konntest dich entscheiden.

Aber ich? Heute gibt es Internet-Einkaufsläden mit alleine 43 Millionen Musiktiteln zum Herunterladen. Und virtuelle Filmverleiher, bei denen man aus tausenden von Titeln und Serien auswählen kann.

Ganz ehrlich, Oma. Was hast du dir mit deinem Ratschlag damals gedacht? Was, das war kein

Ratschlag, sondern eine Warnung?
Hättest du das mal dazugesagt!

Na, egal. Hat ja auch was Gutes. Unter tausenden von Psychologen kann ich mir einen aussuchen. Bei dem mache ich dann ein Seminar über die Entscheidungsfindung. Und wenn ich es trotzdem nicht lerne, habe ich jemanden, dem ich die Schuld dafür in die Schuhe schieben kann. Für alles. Jetzt. Sofort.

Vollmondin

Am Samstag, da war er wieder voll, der Mond. Esoteriker sagen „Die Mondin" und machen rituelles Trommeln in jener Nacht.

Es klingt wunderbar, wenn unter freiem Himmel fünfzehn Trommeln im Gleichklang rund um ein Lagerfeuer tönen und dröhnen, und man kann sich gut vorstellen, dass indianische Stämme sich in Ekstase tanzen, im Rhythmus des Herzschlages, im kalten Glanz der Mondin, die hinter den schwarzen Baumwipfeln aufgeht. Wow.

Eine Stunde geht um. Die Klänge der großen Trommeln grummeln in meinem Bauch. Boah. Ich schließe die Augen. Animalisch...
Ab der zweiten Stunde –
geht's mir echt auf den Keks.
„Also, mir wird es jetzt zu viel", sage ich zu meinem Nachbarn.
„Ja?", antwortet er und erkundigt sich nach dem Grund.
„Ich brauche in den nächsten Tagen erst mal wieder Oper, als Kontrastprogramm."
„Oper, au ja", grinst er, „Tristan und Isolde am Lagerfeuer, trällern in den höchsten Tönen."

Wir prusten los, was bei dem Grummeln nicht weiter auffällt.

Am Ende segnen wir die Erde, während der Mond auf uns herabscheint. Pardon, die Mondin. Und da wird mir klar, was ich schon immer wusste: Die Erde. Die Musik. Die Oper. Die Schönheit… ist… Eben: Weiblich!

Schimpfwörterkässchen

Das Wort mit Sch… hört man allerorten. Ich stelle mir da immer so ein Juwel vor. Also versuch ich, das Wort nicht zu benutzen. Dafür sieht man mich schräg an, aber das ist mir Wurst, äh, sch…egal, merken Sie etwas?

Ich als Weltverbesserin stelle ein Schimpfwörterkässchen auf mit der Aufschrift: „Hier günstige Schimpfwörter. 1 Stück 1 Euro. Und so geht's: Schimpfwort ausdenken, bezahlen, aussprechen, fertig."
In meiner WG macht mich das zum Mobbingopfer. Es bezahlt natürlich keiner. Aber man kommt miteinander ins Gespräch darüber, was nun wüste Wörter sind und was nicht, und ob sie weniger wüst sind, weil sie sich in die Sprache eingeschliffen haben. Da kann ich nur sagen: Ein Juwel bleibt ein Juwel, auch, wenn es geschliffen ist.

Die richtig heftigen Wörter kosten übrigens 2,50 Euro. Das sind die, für die man in die Hölle kommt, das Wort mit vorne A und hinten och zum Beispiel. Die mäßigen oder schwäbischen kosten nur 50 Cent – die mäßigen, weil sie mäßig sind, die schwäbischen, weil wir ja den

Dialekt erhalten wollen: Halbdackel, blede Kuah, Grasdackel.

Kürzlich habe ich mich über jemanden geärgert. Da habe ich zehn wüste Schimpfwörter gekauft. Mit Mengenrabatt. Was soll ich sagen? Die Wände haben gewackelt. Es war sehr befreiend. Seither weiß ich das Kässchen noch mehr zu schätzen.

Insgesamt, ich lüge nicht, sind die Schimpfwörter in unserer WG beträchtlich zurückgegangen. Dennoch sind bereits knapp 20 Euro im Kässchen. Ich hab aber nur rund 15 Euro einbezahlt. Mehr sage ich dazu mal nicht.

> Wenn alle Leute in den Himmel kommen, die hinein möchten, bleibe ich auf dem Balkon.
>
> J. K. Riebesam

Tschau!?

[Diese Glosse wurde mit dem Attribut „lehrer- und gouvernantenhaft" zurückgewiesen.]

Die Dame am Telefonempfang einer Weiterbildungseinrichtung für gestrandete Akademiker und zielstrebige Wiedereinsteigerinnen verabschiedet sich betont lässig. „Tschaaaaaaao", haucht sie ins Telefon hinein, so dass mit ihrer Stimme nachgerade sichtbar wird, wie sie den Handapparat mit einer beiläufigen Bewegung ablegt, um sich bereits wieder der unterbrochenen Arbeit zu widmen. Professionell, schick, lässig. Oder lästig? Ist nicht gerade das Telefonieren ihre Arbeit? Und warum sagt sie nicht Ade oder auf Wiedersehen oder auf Wiederhören? Weil es altmodisch ist? Oder mal wieder nicht „sexy"?

Liebe Güte, was für ein Unfug! Tschau klingt ganz einfach genau so bescheuert wie Tschüss. Es klingt leer. Das heißt, eigentlich klingt es überhaupt nicht. Zumindest nicht in der deutschen Sprache. Wenn eine italienische Mamma Ciao sagt und ihren halbwüchsigen Enkel an den Busen drückt, weil sie nicht weiß, wann sie ihn das nächste Mal sehen wird, dann klingt das wie Musik. Dort nimmt es Raum ein. Aber im

Deutschen? Früher genügte Grüß Gott und Ade. Damit war alles gesagt. Und vor allem wusste man, was es bedeutet. Ciao ist im Italienischen sowohl Begrüßung als auch Abschied, es kommt aus dem Venezianischen, wo es als „schiavo" Diener bedeutet. Diener der eigenen Lässigkeit also? Da finde ich den Dienst an einer schönen Sprache sinnvoller.

In diesem Sinne: Lassen Sie es sich gut gehen, bis zum nächsten Mal, auf Wiedersehen, Ade!

Pornokompetenz

Warum dürfen unser Kinder nicht mehr Kind sein? Pornokompetenz. Seit einigen Jahren ein Thema in den Medien, im Schulunterricht, in Kinderzimmern. Wie hört sich das an? Pornokompetenz? Was soll das? Was sind die Ursachen? Unsere Umwelt ist gespickt mit sexuellen Reizen. Deshalb müssen wir unseren Elfjährigen Pornokompetenz beibringen, allerorten, auf YouTube, loveline.de von der Bundeszentrale für gesundheitliche Aufklärung oder klicksafe.de. Was, wenn unsere Kinder aber gar keine Pornokompetenz erwerben möchten, sondern lieber draußen spielen, schwimmen gehen oder einen Stadtbummel machen? Ach so, die Plakate mit nackten Hintern, bloßen Brüsten und Kondomen…

Warum bringen wir unseren Kindern nicht lieber Sozialkompetenz bei? Oder Bescheidenheit? Mäßigung? Scham? Diskretion? Würde? Dann würden sie sich später gar nicht mit nacktem Hintern oder bloßen Brüsten ablichten oder auf einer Theaterbühne begaffen lassen. Warum bezahlen wir jungen Menschen nicht einen angemessenen Lohn für ihre Arbeit, so dass sie sich davon ein gutes Leben und eine ordentliche Altersrente leisten können, ohne sich auf das vermeintlich schnelle Geld beim Verkauf ihres Körpers einlassen zu müssen? Warum züchten wir eine Hölle, um anschließend Instrumente zu entwickeln, die diese Hölle erträglicher machen? Unsere Kinder können sich nicht dagegen wehren, weil sie damit aufwachsen. Sie kennen es nicht anders. Aber wir Erwachsenen haben die Möglichkeit, eine Welt aufzubauen, in der niemand Pornokompetenz braucht, weil sie schlicht nicht nötig ist. Sollten wir nicht lieber über die Ursachen nachdenken, als der Werbeindustrie, den Spieleherstellern und – eigene Nase – den Medien Tür und Tor für eine körper- und lustbetonte Programmierung zu öffnen, aus der die Gesellschaft kaum mehr herausfinden wird?

Unsere Kinder sind unsere Zukunft. Wie werden sie sein, wenn sie erwachsen sind, in zehn Jahren, in zwanzig, wenn sie unsere Politik lenken, das internationale Staatengeflecht organisieren, über Krieg und Frieden entscheiden? Wie werden sie sein, wenn sie sich bereits mit elf Jahren über das Jungfernhäutchen Gedanken machen und mit 15 schwanger werden? Und überhaupt: Warum immer früher?

Wir wäre es mit folgender Theorie: Wer *unten* beschäftigt ist, hat keine Zeit mehr für *oben*. Also: Cui bono? – Wem nützt es? Es darf spekuliert werden. Und um es gleich vorweg zu nehmen, Krethi wird es nicht sein. Und Plethi auch nicht.

Waldbaden

Schnappen Sie sich zehn Personen, führen Sie sie in den Wald, lassen Sie sie zwei Stunden lang die gute Luft einatmen und machen Sie sie auf die Schönheit der Natur aufmerksam. Nennen Sie das Ganze „Waldbaden", erzählen Sie, es käme aus Japan und heiße „Shinrin Yoku". Macht 135 Euro, zusätzliche Teilnehmer extra. Ganz ehrlich. Was ist los mit uns? Sind wir nicht einmal mehr in der Lage, uns ganz selbstverständlich als Teil der Natur zu fühlen, sondern brauchen dazu eine Anleitung?

Und es kommt noch besser: Belegen Sie Seminare, machen Sie eine Abschlussprüfung, hängen Sie sich eine Urkunde an die Wand und nennen Sie sich „Waldbademeister". Also wirklich, ich weiß, als Schwäbin, man ist vielleicht etwas verschroben. Aber das? Kräuterwanderungen kann ich noch verstehen, man kennt ja die Bezeichnungen schon gar nicht mehr, Ackerschachtelhalmkraut und so, geschweige denn weiß man, wie das Kräutlein aussieht. Und dass man fürs Wandern über die Schwäbische Alb dem besagten Verein beitritt ist nicht nur nachvollziehbar, sondern löblich. Aber Waldbaden? Ich fass es nicht und mache hier und jetzt

einen Vorschlag: Treffpunkt Ortsausgang Dit-
zingen am Sonntag, an dem wir unter meiner
Führung nach Heimerdingen wandern, um dort
dem Beizuwohnen, was viele Menschen an
Sonntagnachmittagen zu tun pflegen, weil sie
wissen, dass es ihrer Gesundheit gut tut: Einem
Spaziergang durch Wald, Feld und Flur. Hoffentlich pfeift der Wind recht kalt, dann wird
der Blick wieder klar für das, was wir sind: Ein
vollkommen durchschnittliches Säugetier. Und
wer das nicht glaubt, beweise das Gegenteil.

Ärgernis

[Kommentar über eine Fernsehsendung im September 2018.]

Freitagabend, die „Versteckte Kamera", wie immer zu komisch aber auch! Zum Totlachen, wenn eine Leichtathletik-Olympiasiegerin in ein als Sandkasten getarntes Wasserloch einbricht, bis über den Scheitel untertaucht und dabei vermutlich auch noch Wasser schluckt und ein Mann während des Anprobierens in einer Umkleidekabine von zwei Musikern überrascht wird – er mit geöffnetem Hosengürtel, beschämt, die Musiker mit Gitarre und dem Titel „If you believe in love" (hä?).

Dann der überdimensionierte Vogelschiss eines Plüschsperlings auf eine Windschutzscheibe vom Dach einer Tanke. Wie appetitlich. Und so witzig. Ein angeblicher Graffitisprayer, der seine Hinterlassenschaft von der Autotür als Abziehbild mitnimmt, wenn er sich aus dem Staub macht, um den Autobesitzer verdutzt zurückzulassen.

Am Schluss umarmen sich wildfremde Menschen aus reiner Erleichterung darüber, dass das hier kein Ernst ist. Im Ernst: Das ist einfach nur blöd. Ich konnte nicht lachen. Ach so, ich habe ja keinen Humor. Die Mitmach-Promis aber auch nicht. Sonst wäre ihr Lachen nicht so ge-quält gewesen.

Dann der Moderator, wie er den Zuschauern vor Augen malt, dass diese am Abend vor dem Fernseher Haare kraulen täten – Redepause (ha, ha) – nämlich die des Haustieres (ha, ha). Ich habe abgeschaltet. Nicht das Gehirn. Den Fern-seher.

Ein Schriftsteller an Émile Zola:

„Sie haben einen riesigen Fehler, der Ihnen alle Türen zuklappen wird: Sie können nicht zwei Minuten lang mit einem Schwachkopf sprechen, ohne ihm zu verstehen zu geben, dass er ein Schwachkopf sei."

aus: Vorwort zu „Thérèse Raquin", 1868
(Stuttgart: Reclam 2007, S. 9)

Schmunzelgeschichten
mit und ohne Tier

Lastrami

Meine Hündin heißt Montserrat und schleicht. Wenn sie keine Lust mehr hat zum Gassi joggen, dann stemmt sie sich an der nächsten Hecke mit allen Vieren gegen die Laufrichtung und schleicht in Zeitlupe an den frischen, weichen Ästchen entlang, so dass diese sanft über ihren Rücken gleiten.

„Ist der krank?", fragt ein Passant.

„Nein", sage ich, „der schleicht nur."

„WAS macht der?"

„Der schleicht. Der ist eine Mischung aus Hund und Katze."

Der Mann, total erstaunt: „Ja? Von der Art her? Ach was!"

Als ich mich ausschütte vor Lachen, bemerkt er seinen Irrtum.

„Aber der guckt ja ganz schön dumm, wenn der so schleicht", setzt er nach.

„Ja", sage ich, „da ist der in Verzückung."

Als wir später bei den Aussiedlerhöfen ankommen, erzähle ich dem Frauchen von Labrador Sam von der Hund-Katz-Mischung. Da sagt sie nachdenklich: „Ja, ja, eine Lastrami."

Ich geschockt: „Was? Sowas gibt's wirklich?", und bedaure bereits die armen Viecher.
Da lacht sie. „Landstraßenmischung, noch nie gehört?"

Wie heißt es so schön? Alles kommt zurück. Quod erat demonstrandum!

Gewissen

Haben Sie gewusst, dass es 43.000 Schnecken-arten gibt, und dass nur ein winziger Bruchteil davon Schädlinge sind?
Die allerdings sind Allesfresser, das sagt mir die Erfahrung. Nehmen wir zum Beispiel die Rote Wegschnecke, im allgemeinen Sprachgebrauch auch als die gemeine Nacktschnecke bekannt.
Gemein ist sie, das kann ich bestätigen, wenn ich meine Tomaten ansehe. Gestern gepflanzt, heute abgefressen. Oder die frisch gesetzten Tagetes, wie sie ihren kümmerlichen Stängel in die Höhe strecken, tapfer, jedes bunten Blüten-blattes beraubt, halt! Stimmt nicht! Ein gelbes Blättchen ist noch da. Es klebt hinten am Stiel unter einer silbrig-dünnen Spur, natürlich abge-knickt.

Es gibt ja verschiedene Haltungen zum Thema Schnecken. Da wird schon mal der kleine Bru-der zum Schneckensalzen geschickt. Oder sagte kürzlich jemand zu mir: „Schnecken muss man einfach annehmen als Gottes Geschöpfe." Dann gibt es noch Bierfallen und Schnecken-korn. Sagt mir nicht zu (und das Bier trinke ich selber).

Bleibt nur noch die Gartenschere. Kurz und schmerzlos! Und weil die Wegschnecke nicht nur gemein, sondern auch noch Kannibale ist, kille ich eine Stunde später den Rest, der sich an seinen verblichenen Verwandten gütlich tut.

Jemand sagte neulich, dass das nicht richtig sei. Ich antwortete, dass ich die Weinbergschnecken verschone und dass tatsächlich, sagen wir 42.990 Arten von meiner Gartenschere unbehelligt blieben! Arten, wohlgemerkt, sind einzelne Exemplare.

Eher gewinne ich im Lotto, als dass eine bestimmte Schnecke, nennen wir sie Ilse, ihr Leben durch meine Gartenschere verliert.
Ich finde das anerkennenswert. Deshalb habe ich auch kein schlechtes Gewissen, falls es Ilse doch erwischen sollte. Und natürlich gelobe ich: Falls sie sich mir vorstellt, werde ich Rücksicht nehmen – und sie in Nachbars Garten setzen. Ganz ohne schlechtes Gewissen.

Forscherdrang

Eine Mutter ging mit ihren beiden kleinen Söhnen in die benachbarte Mühle und kaufte zehn Eier. Die beiden Jungs fragten den Müller, was man tun müsse, damit Küken daraus schlüpften, und dieser erklärte es ihnen.

Zuhause nahmen die Buben zwei Eier heraus und legten sie auf ein weiches Kissen, das sie neben den Kachelofen setzten, damit es die Küken warm hatten, und wachsen konnten. Jeden Tag betrachteten sie neugierig die Schalen, ob bereits ein kleines Schnäbelchen ein Loch hineingepickt hätte. Und sie drehten sie, wie es ihnen der Müller empfohlen hatte, damit die Wärme sich gleichmäßig in den Eiern verbreiten konnte.

So ging das einige Tage. Nichts geschah. Doch die Erwartungsfreude der beiden war so groß, dass die Eltern beschlossen, diese zu erfüllen. Und deshalb saßen am nächsten Tag, als die Jungs von der Schule kamen, zwei muntere Küken auf dem Kissen, neben leeren Eierschalen.

Die beiden waren überglücklich. Die Mutter zeigte ihnen, wie sie den Küken das Picken beibringen konnten, und es dauerte nicht lange, da fühlten sich die beiden Federknäuel heimisch. Schließlich wuchsen sie zu stattlichen Hähnen heran.

Dann kam die Zeit, sie zu schlachten. Was tun?
„I kann's net", sagte der Vater.
„I au net", sagte die Mutter.
Einen Gnadenhof für Hähne wollten sie aber auch nicht eröffnen. Also verschenkten sie die beiden schließlich.

Was aus ihnen geworden ist, ist nicht überliefert. Im Gegensatz zu dieser wahren Geschichte.

Das schöne Huhn

Hildes Gesicht spiegelte sich in dem flachen Wasser, vor dem sie stand und sich zufrieden betrachtete. Ihre kleinen, blitzenden Äugelchen, das zarte Schnäbelchen, das an der Spitze leicht überstand, die seidig-weichen rosébraunen Federn, der zarte rötliche Kamm: Eine Henne, in die sich jeder Hahn verlieben muss, dachte Hilde, die von ihren Besitzern immer nur „das Huhn" genannt wurde. Aber was wussten die schon?

Hilde war ganz allein in ihrer ansehnlichen Hütte, warm und trocken, mit ausreichend Licht, schönen Fenstern, steter Belüftung durch die Ritzen der Bretter, einen Körnertrog und eben dem Wasserspiegel in der flachen Schale, die man ihr täglich frisch hinstellte. Aber sie war halt allein.

Das war so gekommen, weil die anderen Hühner – einen Hahn hatten sie nicht gehabt – durch furchtbare Umstände ums Leben gekommen waren. Hilde schüttelte ihren Bürzel, über dem sich weiche Federn türmten, als hätte sie jemand auf Lockenwickler gedreht und hinge-bungsvoll toupiert. Sie fröstelte bei dem Gedanken an das Grauen. Beim ersten Mal war es ein Habicht. Er holte sich zwei. Dann ein Fuchs. Der schnappte sogar drei. Weitere zwei raffte der Dauerfrost dahin, aber die, das musste Hilde einräumen, waren auch schon alt und gebrechlich gewesen.

Hühner, dachte Hilde, können sieben Jahre alt werden. Aber nicht die, die allzu neugierig sind und ständig draußen im Gehege herumstolzieren und sich fragen, was wohl hinter dem Zaun ist, hinter den Bäumen weiter unten am Hang. Sie interessierte das alles nicht. Deshalb war auch sie die einzige, die der Fuchs nicht holen konnte. Und die nicht erfroren war. In der Hütte war es warm und still. Hilde wiegte bedächtig ihr schönes Köpfchen und blinzelte mit den Äugelchen. Aber irgendwie war es zu still, niemand mehr da, mit dem man sich unterhalten konnte.

Während sie vor sich hin sann, hörte sie Schritte. Sie kamen von draußen, vom Zaun her, wo jemand die Türe öffnete. Stimmen. Aber andere als die, die ihr das Futter brachten. „Ich geh rein, du fängst sie", konnte sie hören und Hilde schwante Arges.

Da ging die Stalltür auf und Hände griffen nach
ihr.

„Boock, boock, boock", sagte Hilde. Aber das
half nichts. Hastig nahm sie Anlauf, um durch
die Tür zu entwischen, als Hände nach ihr griffen und sie vorsichtig festhielten.
Hilde wurde ganz starr. Hoffentlich knickt keine
meiner seidig-weichen Federn, dachte sie, als sie
in eine Holzkiste gesetzt wurde, mit einem
dünnmaschigen Gitter davor, damit sie nicht
herausfallen konnte.

Eine Hand legte Gras, duftende Kräuter und
Löwenzahnbüschel neben sie. Dann wurde die
Kiste sachte angehoben, und Hilde schwebte
wie in einer Sänfte zwischen Kräutern und Blü-
ten hinaus in ein neues Leben.

Von einem Kochtopf wusste Hilde nichts. Deshalb hatte sie auch keine Angst. Scheu vielleicht,
ja, ein bisschen. Aber keine Angst.

Nach einiger Zeit wurde der Käfig abgestellt
und geöffnet. Ein Hund bellte. Hilde blickte

sich um. Zaghaft tat sie einen Schritt, so dass ihre zarten Krallen kleine Geräusche machten.

Da hörte sie etwas, das sie schon lange nicht mehr gehört hatte, und das ihr Herz erwärmte. Andere Hühner, ihre Artgenossen. Wie wunderbar.

„Boock, bock, bock, boooock!", sagte Hilde, und dann, vorsichtig, eine Kralle vor die andere setzend, schritt sie heraus und machte ihr erstes Geschäftchen in dem weitläufigen Hühnerstall. Das wäre geschafft! Eine Hühnerschar und ein paar Enten beäugten sie neugierig. Und weiter hinten war sogar ein kleiner Teich.

Dann sah sie ihn: Hans-Hermann, ein junger, stolzer Hahn, hoch aufgerichtet, mit einem knallroten Kamm und weiß-schwarz getupften Federn. Jung und prächtig!

„Boock, bock, bock, boock", sagte Hilde wieder und wiegte ihr seidiges, rosébraunes Federkleid, so dass es in der Sonne zu schimmern begann. Dann fing sie an zu schreiten und zu picken und ihre neue Umgebung zu erkunden. Und immer wieder schickte sie einen Augenaufschlag zu Hans-Hermann, der sie interessiert betrachtete, einen Kratzfuß nach dem anderen machte und die Brust blähte, wobei er sich immer ein wenig drehte, damit sie seine stattliche Erscheinung von allen Seiten bewundern konnte.

Viel mehr ist von Hilde nicht bekannt geworden. Eines Tages nämlich lag sie reglos am Rande des Ententeichs. Man munkelt, sie sei ertrunken. Oder aus Kummer wegen Hans-Hermann ins Wasser gegangen. Das ist beides natürlich übertrieben.

Immerhin war Hilde bereits sechsdreiviertel, ein gutes Alter für ein Huhn. Deshalb ist zu vermuten, dass sie aus Altersschwäche gegangen ist oder, dass das Feuer, das der junge Hahn in ihr entfacht hatte, zu viel gewesen war für ihr betagtes Herz.

Sie war nicht gegangen, ohne ein letztes Mal ihr schönes Spiegelbild zu betrachten. Und als man sie abholte, schwamm in der Mitte des Teichs eine seidenweiche, rosébraune Feder, die golden in der Sonne schimmerte.

Der Froschmann

Es war einmal eine schöne Königstochter. Ihr Vater schenkte ihr eines Tages eine goldene Kugel. Diese sei das Wertvollste, was er je gesehen habe, sagte der Vater, so glatt und schwer und rein. Und das Allerbeste: Wenn man sie hochwarf, spielte sie „Frauen regier'n die Welt", das Lied des eleganten Roger Cicero.

Und wie das Kind sein Antlitz in dem Kleinod erblickte, da ward ihm die Kugel das liebste Spielzeug auf der Welt.

Das Schloss lag auf einem Hügel und von dort hinab führte ein Weg in den Wald, wo ein tiefer Brunnen stand. Diesen Weg wandelte die Prinzessin des Öfteren.

So auch an jenem Tag, an dem sie sich auf den Rand des Brunnens setzte. Sie warf die Kugel hoch und fing sie wieder auf. Sie warf sie höher und immer höher, bis sie ihr schließlich entglitt und mit einem leisen Plopp im Wasser des Brunnens versank.

Da war der Jammer groß. Was sollte sie tun? Augenblicklich fiel ihr der Vater ein, der eingedenk der verlorenen Kugel womöglich einen Ohnmachtsanfall erleiden könnte. Er hatte nämlich ein schwaches Herz.

Es gab nur eins: Sie musste die Kugel wieder-
haben. Aber wie?

Sie zückte ihr Handy und schickte eine SMS an
den königlichen Security-Service. Kurze Zeit
später erschien ein Froschmann.

Doch bevor er seine 1000-Watt-Unterwasser-
kamera zückte, das Mundstück des Sauerstoff-
geräts hernahm und die Taucherbrille aufsetzte,
fragte er die Prinzessin, was sie ihm als Gegen-
leistung für die Kugel geben würde.

Es interessierte ihn wenig, dass ihn die Prinzessin einen unverschämten Lümmel schalt und
ihm mit Kündigung drohte. Denn er wusste
vom schwachen Herzen des Königs.

Also sagte sie ihm zu, er dürfe von ihrem Becherlein trinken und von ihrem Tellerchen es-
sen. Sie musste ihm sogar versprechen, dass er
in ihrem Bettchen schlafen dürfe. Erst dann
stieg der Froschmann in den Brunnen hinab.

Alsbald kehrte er mit der goldenen Kugel zurück. Sie war unversehrt.

Der Taucher grinste frech, als er dem Mädchen
das Kleinod in die Hand legte und empfahl sich
bis zum Abend.

Der König und die Prinzessin aßen an jenem Tag etwas früher. Sie sei so müde, hatte sie ihrem Vater gesagt und wolle bald zu Bett gehen.

Jedoch gerade, als der Tisch abgeräumt war, klingelte es an der Tür.

Das Hausmädchen ließ den Froschmann ein. Er war schick gekleidet, gar nicht wie am Mittag, als er noch die glatte Froschmontur trug. Sein Haar duftete nach Styling-Gel und er hatte Blumen im Arm.

Der junge Mann verlangte nun, was die Prinzessin ihm versprochen hatte. Diese winkte ihn zu sich und verschwand im oberen Stock. Er folgte ihr eilig.

Oben angekommen öffnete der Mann die angelehnte Tür zum Gemach der Prinzessin und dort saß sie, auf dem Bette, in eleganter Robe und hochgeschnürtem Dekolleté. Lasziv hielt sie ein Glas Champagner in der Hand.

Sofort schmolz er dahin, setzte sich neben sie, trank aus dem Becherlein, pfiff auf das Tellerlein und sah nur noch ihre Lippen, die er alsbald in feuriger Leidenschaft mit einem Kuss verschloss. Während der Champagner ihm fast bitter angemutet hatte, schmeckte dieser Mund wunderbar süß.

Doch was war das? Die Welt um ihn herum wurde mit einem Mal so unwirklich überdimensional! Die Lippen der königlichen Hoheit schienen groß zu sein wie ein Canapé, ihr Körper kam einem Gebirge gleich und das Zimmer ähnelte einer gigantischen Halle! Er kam sich auf einmal so kümmerlich vor, als die junge Frau ihn mit ihren schönen Augen neugierig betrachtete.

Quak!, sagte der Kavalier und sah an sich hinunter.

Dass er keine Tränen habe, dachte er in dieser schrecklichen Sekunde, liege vielleicht am Schock oder daran, dass Frösche nicht weinen können. Jedenfalls war er außer Stande, den durchdringenden Blick der schönen Prinzessin noch länger zu ertragen. Und so setzte er zu einem gewaltigen Sprung an, der ihn hinaus durch das Fenster katapultierte.

Die junge Frau erhob sich sogleich und sah den zappelnden Schenkeln hinterher, wie sie durch das Fenster entschwanden.

Da hörte sie die Stimme ihres Vaters. Er suche seine Tabletten. Sie wisse doch, dass sie nicht in falsche Hände geraten dürften – wegen ihrer halluzinogenen Wirkung. Geschwind zog sie die dichten Brokatvorhänge zu und setzte ein unschuldiges Lächeln auf.

Unterdessen landete der gut aussehende junge Mann auf der Markise der Veranda, rutschte über diese hinunter auf den Himmel der Hollywoodschaukel, auf die der König besonders stolz war. Sie war ein Erbstück eines Großonkels, der in zweiter Ehe mit einer Filmdiva verheiratet gewesen war. Doch leider war der Stoff im Laufe der Jahre brüchig geworden und Ratsch! brach der Kavalier hindurch. Unsanft landete er auf den weichen Sitzkissen und blieb ermattet liegen. Vom Seerosenteich kam ein leises Quaken herüber. Die Frösche begannen ihr Nachtkonzert.

Auf die Frage des Königs hin, was das für ein Geräusch gewesen sei, antwortete die liebliche Prinzessin, sie habe nichts gehört, außer dem Quaken der Frösche. Und vorsichtshalber stellte sie sich vor den Vorhang.
In diesem Moment fiel dem König ein, dass er seine Tabletten auf der Terrasse beim Frühstück hatte liegen lassen. Er ging hinunter und als er

den zerrissenen Stoff der Hollywoodschaukel sah, griff er sich schmerzverzerrt ans Herz, um alsdann leblos umzufallen.

Der junge Mann, der sich indessen von seinem Rausch erholt hatte, sprang sofort auf, um den König wiederzubeleben. Er hatte nämlich beim Security-Service einen Erste-Hilfe-Kurs absolviert und konnte die Vitalfunktionen stabilisieren, noch bevor der Rettungsdienst eingetroffen war.

Der König überlebte.

Nachdem er aus dem Krankenhaus entlassen war, wurde ein großes Fest gefeiert. Der Retter war Ehrengast, dem der König einen Wunsch freistellte, egal, welcher es auch sei. Dabei trat er einen Schritt zur Seite, um den Blick auf seine schöne Tochter freizugeben, die er schon lange unter der Haube haben wollte und die schnippisch wegsah.

Doch zum Erstaunen aller wünschte sich der junge Mann nicht die Hand der Prinzessin, sondern die Hälfte des Königreiches.

Darüber wurde die Prinzessin so wütend, dass sie zuerst puterrot anlief und dann in Ohnmacht fiel, weshalb der junge Mann ein weiteres

Mal seine Erste-Hilfe-Kenntnisse unter Beweis stellen konnte.

Seite an Seite regierten der König und der frischgebackene Prinz einige Jahre lang ihre beiden Reiche, wobei der Junge vom Alten viel lernte. Und weil sich die Königstochter und der Prinz von da an oft über den Weg liefen, geschah es wie im richtigen Leben: Der Alltag machte die Königstochter weniger schnippisch und den Prinzen weniger frech. Nach einer Weile hatten sie sich aneinander gewöhnt, verliebten sich und heirateten. Und wenn sie nicht gestorben sind, dann leben sie noch heute.

Boss und der Gerichtsvollzieher

Es klingelte. Boss, der Dackel, jagte seinem Frauchen durchs Treppenhaus hinterher und begutachtete misstrauisch den Störenfried, der auf der Treppe vor dem Eingang stand.

Der Mann war groß gewachsen, eine stattliche Erscheinung, mit ein paar Unterlagen in der Hand und einem Aktenkoffer, den er neben sich abgestellt hatte, geöffnet, mit sorgfältig darin geordneten Papieren. Boss schnupperte vorsichtig daran. Dann beäugte er den Mann.

„Guten Tag", sagte dieser höflich zu Frauchen. „Bei Ihnen arbeitet ein Herr Gustav Müller?"
„Ja", antwortete die Unternehmerin.
„Ich hätte etwas mit ihm zu besprechen, persönlich."
Der Gerichtsvollzieher, keine Frage. Gustav lebte in Scheidung.

In diesem Moment hob Boss sein Beinchen und pinkelte in den Aktenkoffer, was der Beamte nicht bemerken konnte, weil er aufs Fragen konzentriert war.

„Tut mir leid", antwortete Frauchen, „Herr Müller ist zurzeit auf Montage, im Außendienst, wo ich ihn nicht erreichen kann."

Boss schnupperte jetzt an den Schuhen des Gerichtsvollziehers.

„Ach so", sagte dieser. „Das wäre dann auch schon alles. Auf Wiedersehen."

Damit steckte er die Unterlagen in seine Aktentasche zurück und drückte diese zu. Es machte leise Klack!

Boss kläffte zum Abschied, als sich der Mann in Bewegung setzte und schließlich mit seinem Wagen davonfuhr.

Als er aus ihrem Blickfeld verschwunden war, setzte sich Frauchen auf die Treppe und bog sich vor Lachen. Sie stellte sich den Duft vor, der dem Mann beim nächsten Öffnen der Aktentasche in die Nase steigen würde. Und die Wasserspritzer auf den Pfändungspapieren der armen Sünder.

Boss sah sie fragend an. Dann sagte er „Wuff", rannte die Treppe hinauf zur Wohnungstür und scharrte daran. Frauchen stand auf, ließ ihn hinein, immer noch vor sich hin kichernd.

Das tut sie übrigens heute noch, wenn sie diese Geschichte erzählt. Natürlich gab es auch den Dackel Boss, den ihr Ältester als Kind einmal weinend nach Hause brachte.

„Mama, der Boss stirbt", sagte er. „Er hat sich auf einmal hingelegt und war ganz tot."

Als das Kind den Hund vorsichtig auf dem Teppich absetzte, sprang dieser plötzlich auf, machte sich in den Garten davon und legte sich in die Sonne. Boss konnte sich nämlich totstellen, wenn er keine Lust mehr zum Laufen hatte.

Und noch etwas: Er wurde uralt, so, wie sich das für einen Dackel gehört.

Egon, das Krokodil

„Wir haben einen Löwen im Keller", sagte klein Martin eines Tages, als er vor seinen Vettern und Cousinen angeben wollte. Dann genoss er die grenzenlose Bewunderung der anderen Kinder. Ein Löwe. Boah!

„Mama", maulte Elvira, „Martin hat einen Löwen im Keller. Wir wollen auch einen." Sie drängte sich mit ihren Geschwistern bei der Mutter in der Küche. Martin sah gespannt zu.
„Einen Löwen?", antwortete die Mutter. „So? In unserem Keller wohnt ein Krokodil!"
Alle sahen sie fasziniert an.
„Ein Krokodil? Wo?"
„Na unten in der Waschküche, im Abfluss! Habt ihr denn noch nie gehört, wie es da unten manchmal gurgelt?"
„Das ist ein Krokodil?", fragte Klaus, einer ihrer Söhne.
„Ja. Es heißt Egon!", bestätigte die Mutter.

Von diesem Tag an beneideten die Kinder ihren Vetter nicht mehr. Jetzt hatten auch sie ein Furcht einflößendes, wildes Tier im Haus. Und immer, wenn die Waschmaschine lief und der leise Klang des gurgelnden Wassers aus den Tiefen der Abflussrohre heraufdrang, sagte die Mutter: „Horcht, der Egon!"

Dann liefen alle hinunter, um ihn zu suchen. Aber natürlich mit dem nötigen Abstand - weiter als bis zur Tür kam keiner.

Und als eines Tages das Wasser eines Starkregens den hölzernen Deckel des Abflussschachtes hochdrückte und den Boden der Waschküche schlammig zurückließ, war das Staunen total: Das war natürlich Egon gewesen, der aus seinem Versteck herausgekrochen war, um etwas Essbares zu suchen, und der mit hungrigem Magen wieder verschwand.

Und so hat ihn nie jemand zu Gesicht bekommen, was dem Respekt der Kinder vor dem Krokodil allerdings keinen Abbruch tat.

Mein Erlebnis mit Adonis

Als ich ihn sah, bekam ich weiche Knie. Es war im Urlaub und die Begegnung rein zufällig. Ich machte gerade auf einer Strandwanderung Rast. Er kam mir mit einem strahlenden Lächeln entgegen und sein Haar flatterte im Wind. Er sah aus wie ein Wikinger, männlich und stark.

Seinen bloßen Oberkörper zierten wohl geformte Muskeln und um den linken Oberarm hatte er ein breites Band aus Stoff gebunden, das den Bizeps noch besser zur Geltung brachte. Seine blonde Mähne reichte ihm bis auf die Schultern, er war groß und machte lange Schritte.

Wie zufällig verwickelte er mich in ein Gespräch. Ich gefiel ihm offensichtlich. Er war ein bisschen schüchtern, aber er spürte ganz genau, dass sein Äußeres auf mich Eindruck machte.

So dauerte es nicht lange und er erzählte mir von einer kleinen Insel, nicht weit von dort, wo wir uns begegnet waren. Ich war neugierig und folgte ihm. Bald waren wir auf seiner Insel angelangt, auf die er mich mit einem kleinen Ruderboot übersetzte. Es war Romantik pur. Die Sonne strahlte auf das klare, blaue Wasser und in den Augen meinem Adonis' bildeten sich kleine Sterne, die mich anlachten.

Auf der Insel war ein Hügel, auf den wir uns setzten, um über das Meer zu blicken. Wir unterhielten uns. Adonis achtete stets darauf, in guter Position zu erscheinen und spielte scheinbar zufällig mit seinen Muskeln. Ich glaube, er hatte sich zuvor mit einer Menge Sonnencreme versorgt. Seine Haut glänzte verführerisch.

Plötzlich bog eine Kuh um den Hügel herum. Keine Ahnung, wie sie da hinkam, denn Adonis hatte mir versichert, dass die Insel nur über das Wasser zu erreichen sei. Jedenfalls glaube ich, dass diese Kuh die rote Badehose von Adonis nicht mochte. Es war eine Art Boxershorts aus glänzendem Satin, die perfekt zu seiner knackig braunen Haut passte. Die Kuh blieb also stehen, stutzte und dann kam sie mit einem bösen Funkeln in den Augen auf uns zu.

Adonis sprang auf, nahm meine Hand und zog mich fort. Wir sahen uns um, da war die Kuh schon dicht hinter uns. Mit gesenkten Hörnern. Er ließ meine Hand los und wir rannten. Ich war schneller als er und versteckte mich hinter dem einzigen stämmigen Baum auf der ganzen Insel.

Von dort aus beobachtete ich, wie Adonis und seine Verfolgerin an mir vorbeizogen. Die Kuh nahm keine Notiz von mir. Sie guckte nicht links und nicht rechts. Ihr Blick verriet, dass sie nur ein Ziel hatte: Meinen Adonis.

Dieser rannte um sein Leben. Ich verlor ihn und seine rote Badehose den Augen, als er, die Kuh dicht auf den Fersen, in Richtung Strand verschwand. Der sandige Boden zeigte deutlich die Spuren der Verfolgung: Seine langen Tritte immer einen Meter vor denen der Kuh. In weiser Voraussicht erklomm ich den Baum.

Da kamen die beiden auch schon zurück. Adonis war offensichtlich nicht über das Wasser geflüchtet und hatte kehrt gemacht. Bis zu diesem Zeitpunkt wusste ich nicht, dass Kühe so schnell rennen und Adonisse nicht schwimmen können. Die beiden zogen jetzt in rasendem Galopp in die andere Richtung. Adonis' rote Hose flatterte im Wind und seine Verfolgerin schnaubte, während ihr Euter hin und her schlenkerte.

Ich wartete eine Weile, aber die beiden kamen nicht wieder. Aus war der Traum von einem romantischen Nachmittag.

Nach einer Weile stieg ich vom Baum und schlich auf den Hügel. Von dort erspähte ich in der Ferne einen Steg, der an das Ufer führte. Ihn hatte ich zuvor nicht sehen können, weil ein großer Busch davorstand. Aber jetzt, von etwas weiter westlich, konnte ich ihn gut erkennen.

Adonis hatte das gewusst. Natürlich. Aber das hätte der Romantik wesentlich Abbruch getan. Leider hatte ihm die Kuh nun einen Strich durch die Rechnung gemacht. Vor meinem geistigen Auge sah ich das Rindvieh und meinen Adonis über den Steg donnern und begann zu lachen. Ich fragte mich, ob es wirklich die Badehose war, die die Kuh so gereizt hatte oder nicht vielleicht doch sein kostbarer Körper?

Ich sollte es nie erfahren - denn Adonis ist nicht zurückgekehrt. Und so machte ich mich auf den Heimweg. Er führte mich noch eine Weile entlang der Spuren im Sand, bis diese hinter einer Düne verschwanden.

Annonce in der Tageszeitung:

Besuchen Sie am Dienstag unser Seminar „Der Tod sitzt im Darm". Es sind noch Plätze frei.

Quatschgedichte

Mücke

Quak! sagt der Frosch;
die Mücke guckt.
Und gleich darauf…

…ist sie verschluckt.

Spargelzeit

[Für dieses Gedicht wurde mir die Absicht sexueller Konnotate unterstellt.]

Gestern hab ich ein Plätschern vernommen.
Da ist ein Spargel vorbeigeschwommen,
und er hat sich so geniert,
denn er war ganz dick paniert.

Ich musste lauthals lachen!
Wer macht denn solche Sachen?
Beschämt taucht er ins Wasser
und wurde immer nasser.

Erst war er nur betroffen.
Dann ist er abgesoffen.
Er sank wie eine Hantel
in seinem Weckmehlmantel.

Dann sammelt die Panade
sich weichend am Gestade
und wurde fade.
Schade.

Der Spargel dann, mit Schwäche,
schwuppt an die Oberfläche.

Ganz mitgenommen
ist er weggeschwommen.

Ich wünschte ihm noch leise
eine gute Reise.
Ein Plätschern, zag und lahm,
sonst nichts, das ich vernahm.

Und?

Ja, ich hab etwas daraus gelernt:
Damit mir das nicht mehr passiert,
will ich den Spargel nackt serviert!

Sabine Krell und
Johanna K. Riebesam

Das Malheur

[Dieses Gedicht hat vor vielen Jahren den von mir sehr geschätzten stellvertretenden Chefredakteur eines überregionalen Blattes in einem persönlichen Gespräch an die Werke von Dr. Owlglass erinnert – ein Ritterschlag, auf den ich heute noch stolz bin.]

Das Gedicht geht so:

'ne feine Dame und ihr Gatte
trinken vornehm eine Latte
Macchiato, italienisch,
sie säuselt süß, er schwätzt polemisch.

Plötzlich gibt es ein Malheur,
die Winde treten laut hervör
aus der teuren Anzugshose
und kriechen in der Dame Nose.

Was stinkt denn hier so penetrant?,
fragt sie und er reicht ihr galant
sein Taschentuch, das sie flugs presse
auf ihre grell geschminkte Fresse.

Der Kellner fragt gleich dienstbeflissen,
ob hier wohl einer hingesch…,
bringt Seife, Wasser, Bodentücher
und verteilt im Stillen Flücher.

Der Gatte mit dem schüttren Schopfe
schüttelt seinen edlen Kopfe.
Wer ließ hier wohl einen fahren?
Er schnuppert in der Luft, der klaren.

Denn der Wind ist abgebogen,
in ein andres Eck entflogen,
wo er nun die Leute kränkt,
weil er noch ganz furchtbar stänkt.

Und die Moral von der Geschicht?
Trau vornehmen Leuten nicht.
Es könnten ihre Ärsche bäuern
und die schöne Latte säuern.

Wahre Liebe

[Aus diesem Gedicht wurde – von einem Mann
– „Bitterkeit" herausgelesen, ob seine oder meine, hat er nicht dazugesagt. Seither jedenfalls
lese ich es stets mit dem Nachtrag vor: „Anwe-
sende natürlich ausgenommen".]

Es schwor der Heiner
der Elfriede,
dass er nie 'ne Andere liebe.

Da kam nach zwanzig Ehejahr'
die reizende Britt-Julia
und Heiner sagte zu Elfriede,
dass er nun doch die Andere liebe.

Was erkannte da Elfriede?
Ein Mann nennt seine Triebe
immer wahre Liebe.

Wunderheilung

[Die orthographischen Fehler und die phonetische Schwerfälligkeit in diesem Gedicht sind beabsichtigt. Das unsaubere Versmaß möge man mir verzeihen. Als ich es einmal auf einer Zimmertheaterbühne vortrug, erntete ich die hörbaren Seufzer eines Dramaturgen.]

Wenn mir das Bein nicht so weh täte,
müsste ich nicht zum Orthopäte.
Doch leider ist's dort immer voll,
egal, welchen Termin ich holl.
Und heute wird's nicht besser sein,
oh, nein.

Stunden steh ich wie ein Depp
in der Schlange bis zur Trepp'.
Doch endlich werd ich aufgerufen
erklimme voller Pein die Stufen
mit meinem schlimmen Bein,
oh, nein.

Mein Hausarzt schickt mich mit dem Brief,
denn mein Hüftgelenk sei schief,
sag ich an der Rezeption

was, sagt die, Sie kommen schon?
Ja, sag ich, denn für halb acht
hab ich 'nen Termin gemacht.
Doch mittlerweile ist es zehn,
da können Sie gleich wieder gehen!
Für heute ist schon alles voll,
sagt sie, und regt sich keinen Zoll.
Dann zucken ihre Sommersprossen:
Und ab morgen ist geschlossen.
Mir fällt die Treppe wieder ein,
oh, nein.

Ich also raus, voll Wut und dann,
endlich komm ich unten an,
mein arges Bein vom Schmerz ganz klamm.
Ich geh raus, zur Ampel hin,
drücke drauf, und gleich wird's grün.
Ich schlepp mich übern Zebrastreifen
mit meinem argen Bein, dem steifen.
Grad als ich hab die Hälft' geschafft,
kommt ein Auto voller Kraft
und wirft mich nieder auf die Erde.
Da gibt's 'nen lauten Knacks
in meinem Hax.

Der Fahrer reißt das Fenster auf
und fuchtelt mit der Faust,

Hau ab, Opa, sonst fahr ich weiter
dann ist dein Bein gleich noch viel breiter!
Ich springe auf und siehe da,
der Schmerz ist weg, wie wunderbar.
Ich glaube, das hat Gott gewollt,
dass man mich beinah' überrollt,
denn dank der kleinen Panne
sprang meine Kugel in die Pfanne.
Das war der Knacks, ich hab's gehört,
wie leicht man doch ein Bein kuriert.
Mit einem kurzen Stoß
vor die Hos.

Daheim erzähl ich's meiner Frau,
jedes Detail, und ganz genau.
Am nächsten Tag kommt Pfarrer Sachse,
betrachtet gründlich meine Haxe,
und faltet seine Hände fein.
Das muss 'ne Wunderheilung sein!,
jauchzt er und jubelt Halleluja,
wie schön, dass das bei uns geschah!
Dann zückt er listig Stift und Block,
sein Herz schlägt für den Opferstock.
Wir werden Pilgerstätte sein,
mit deinem frisch geheilten Bein!
Oh, nein.

Von nun an kommen jeden Tag
viele Leute, welche Plag!
Und ich? Ich halt' das nackte Bein
in den Reliquienschrein hinein.
Und wer gezahlt hat, streicht dann munter
einmal rauf und einmal runter.
Ich frag den Pfarrer, muss das sein,
das viele Geld, der kalte Schrein?

Der ruft, halt durch und werd' nicht schwach,
denn durch der Kirche Dach
regnet's. Ach!

Da kommt mir plötzlich die Idee!
In meiner Hos sieht aus wie ein T
der Riss, als die Stoßstang' mir am Bein
beendete die arge Pein.
Dann zerre ich hier und zupfe bald dort,
der Riss wird größer, das T ist fort.
Dafür sieht man nun ein Kreuz.
Padeuz!

Sieh nur, Herr Pfarrer, ein Kreuz an der Waden!
Ist das kein Zeichen von Gottes Gnaden?
Ja, meint der Pfarrer, leg die Hos statt das Bein
versuchsweise in den Reliquienschrein.

Und siehe da, die Leute und Pilger
kommen in Scharen, je älter, je wilder
und tasten eifrig nach dem Riss.
So ein Beschiss!

Endlich kann ich heim
mit meinem Bein.
Ich deck' es müde zu,
hab' endlich meine Ruh.
Unter der Decke drunder
liegt das Heilungswunder.

Und Gott danke ich auch,
dass es nichts weiter braucht
für eine Wunderheilung
als einen Fahrer ohne Peilung,
eine lange Trepp,
auf der man wartet wie ein Depp
und einen Arzt mit Rezeption
und schlechter Organisation
und einer Ampel auf der Straße
mit einer ziemlich kurzen Phase.

Die Leiden des Dichters

Es sitzt ein Poet am Birkenhain,
er sinnt und sucht nach einem Reim.
Doch leider fällt ihm keiner ein.

So legt er Blatt und Stift zur Seite,
legt sich ins Gras,
schaut in die Weite.

Die Sonne wärmt,
er streckt die Glieder,
sanft schließen sich die Augenlider.

Was unser Dichter nicht bemerkt,
ein Wespenstaat ist nah am Werk.

In seinen wohl'gen Träumen
breitet er die Arme aus
und trifft dabei
das Wespenhaus.

Alarm!, Alarm!
Der Schwarm steigt auf,
die Katastrophe
nimmt ihren Lauf.

Die emsigen Tierchen
erspähen den Feind.
Sie stürzen sich
mit gezücktem Stachel
auf ihn nieder,
krabbeln in die Ärmel,
ins Hosenbein,
traktieren ihn
mit ihrem Gift.

Der Arme kann sich nicht erwehren,
springt auf und stürzt davon.

Die Meute verfolgt ihn noch ein Stück,
dann kehrt sie in das Nest
zur Königin zurück.

Dem Dichter vergeht die Inspiration.
Es kranken Beulen an vielen Stellen
das Gesicht sieht aus wie ein Ballon.
Die Augen sind nur noch Schlitze,
Mund, Nase, Ohren voller Hitze.

So tappt er heim
und voller Wonne
springt er in die Regentonne.

Das Wasser lindert
den geschund'nen Leib
und die Entscheidung macht sich breit,
in Zukunft nur noch da zu sitzen,
wo keine Wespen Stachel spitzen.

Johanna K. Riebesam
(mit einem Augenzwinkern
über die Zunft der Poeten)

Das Gänseblümchen

Ein Gänseblümchen,
weiß, gelb und grün,
sagte kokett:
Wie bin ich doch schön!

Da kam eine Kuh mit langer Zunge,
und machte das Blümchen
zum Ackerdunge.

Das Männchen

Das Männchen, das Männchen
wirbt um das brave Ännchen,
und falls es ihm entwandere,
begattet's halt 'ne Andere.

Schwäbische Geschichte(n)

Hen ihr jetzt elle au mein A... gsäh?

Diese Geschichte hat sich wirklich zugetragen. Klein Herbert wohnte in Murrhardt.

Er war gerade mit seinem Geschäft auf dem Stillen Örtchen fertig, das im Anbau untergebracht war. Dieser hatte ein Fenster zum Innenhof. Und in diesem Innenhof stand des Nachbars Hasenstall.

Von besagtem Fenster aus war zu beobachten, wie die Hasen ihre Rückseite Richtung Stallausgang drehten und mit den Hinterläufen auf den Holzboden klopften, bevor es ans Fressen ging.

Herbert hatte diesen Vorgang schon öfter beobachtet und ärgerte sich darüber, dass ihm die Hasen immer ihr Hinterteil entgegenstreckten. Heute beschloss er, es ihnen heimzuzahlen.

Er zog seine Hose herunter und streckte den nackten Blanken zum Fenster hinaus. Dann schrie er: „Hen ihr jetzt elle au mein Arsch gsäh?" Seine Stimme hallte durch den Hinterhof und Herbert staunte über die rasche Antwort:

„Jo!", hieß es da. Es war der Nachbar, der unbemerkt am Fenster gestanden hatte und sich jetzt vor Lachen bog.

Ärztliche Behandlung

Murrhardt hatte während des Krieges einen Arzt, der ein, groß und breit wie ein Schrank, dorfbekanntes Unikum war.

Einmal, während einer Erkältungswelle, geschah Folgendes: Man rief ihn, er kam und blieb unten im Hauseingang stehen. Dann rief er mit seiner Donnerstimme nach oben: „Was hen Ihr?"

Über das Treppengeländer gebeugt, legte man in kurzen Sätzen die Beschwerden dar.

„Was, Halsweh?", donnerte seine Stimme wieder, „han I au scho ghet! Mit Salzwasser gurgla, no isch morga weg!"

Daraufhin verließ er das Haus, ohne auch nur einen einzigen Patienten gesehen zu haben. Die Familie, das wurde mir erzählt, wurde all die Jahre über immer wieder gesund.

Schwäbischer Zorn

Siehsch du oi Wirschtle blüha?, fragt Oma und guckt beleidigt zum Haselnussbaum in ihrem Garten, i seh nix! Dann ein Blick zum Himmel. Heit hot's zehn Grad! Do musch grad froh sei, wenn überhaupt irgendwo a grüns Blättle raus-kommt. On no die Petunia. Wenn do mol oine ganz verzweifelt a Farb rausstreckt, no schlupft se glei wieder nei, weil's ra z'kalt isch. Koi oin-zige Blüte. Ond des em Mai!
Wir haben April, sage ich.
Des isch so gut wie Mai, sagt sie. Ond die Tul-pa! Die sottet längst hausa sei, aber die ganget net uff. Des isch eifach z'kalt! I woiß net, was mit dera Welt los isch!
Jetzt reg dich doch nicht so auf, versuche ich sie zu beruhigen.
Ach, des isch oifach nemme sche, sagt sie. Mor-ga bleib i em Bett liega ond i stand erscht wieder auf, wenn's Wetter besser isch! Erzürnt lehnt sie sich in ihrem Sessel zurück.
Morgen soll die Sonne scheinen, entgegne ich. Irgendwas muss ich doch sagen.
Des werda mr no seha!, sagt Oma erzürnt.
On do!, wieder ein Blick in den Garten, die Akelei sottet längscht aufganga sei. Ond die Blüta vom Pfirsich sen au ganz stärch. Ond do

hen?, sie zieht ihre Strickjacke enger um sich, do kosch no heiza em Mai!

Jetzt sei doch nicht so beleidigt, sage ich und muss lachen. Sie lacht mit.

Isch doch wohr, sagt sie.

Ich bring dich nach Italien, da hat es 29 Grad, sage ich.

Ond was mach i no do, em a Hotelzemmer hocka ond nausglotza? Sie schüttelt den Kopf, noi, noi. Des kann i au dohanna.

Okay, okay, ist ja schon gut, sage ich.

Ich glaube, heute ist sie wirklich beleidigt. Da hilft nur noch eins: Abwarten bis der Dunst am Himmel endlich verschwindet und das Thermometer steigt. Und was wird sie sagen, wenn die Sonne dann scheint? Hal–le–luja!

Mersibokumusie

Mein Großvater war in Südfrankreich in Kriegsgefangenschaft gewesen. Dort lernte er ein paar Brocken Französisch, die ich in der Kindheit als ganz selbstverständlich in meinen Sprachschatz aufnahm. Erst in der Schule lernte ich die richtigen französischen Begriffe, und es war ein großer Aha-Effekt, als mir klar wurde, was „Mersibokumusie" eigentlich hieß.

Dieser und ein paar andere Begriffe klingen mir heute noch in den Ohren, und zwar so, wie ich sie als Kind verstanden habe.

Blaffoh (Plafond) - Decke
Suttrai (Souterrain) - Untergeschoss
Schässloh (Chaiselongue) - Sofa
Mersibokumusie (Merci beaucoup, merci) – Vielen Dank, danke.

Weihnachtspracht zum Ersten Mai

Der Tag der Arbeit wird besonders gefeiert. Während heute die Kreativität allerdings zu wünschen übrig lässt, hat man früher in der Nacht zum ersten Mai so manchen Schabernack getrieben, über den das ganze Dorf lachte.

Im Vorgarten eines stolzen Einfamilienhausbesitzers zum Beispiel wurde in der Nacht zum ersten Mai die Weißtanne über und über mit Lametta und alten Glaskugeln geschmückt. Der Hausherrin entfuhr am nächsten Morgen ein spitzer Schrei, der Hausherr dagegen schlich eilends mit dem Mülleimer in den Garten und räumte die ganze Pracht wieder ab, bevor die Nachbarn seinen ganzen Stolz derart entwürdigt sehen konnten.

Die Klatschtante des Dorfes beobachtete immer hinter dem Fenstervorhang, was sich in der Straße tat, wer wann das Haus verließ, welcher Hut aufgesetzt war, wer zur Kirche ging und wer welches Mädel hatte. In der Nacht zum ersten Mai strichen junge Burschen eben jenes Spionagefenster mit Kalkbrühe dick zu – und aus war's mit dem Dorftratsch.

Schnellerla

Bei uns kommt samstags immer der Kartoffelmann mit Kartoffeln aus Lauffen und Äpfeln von hiesigen Streuobstwiesen. Muttern kauft dort allwöchentlich ein. Jüngst hat sich folgendes Gespräch ergeben:

Kartoffelmann: So, heut wieder Äpfel?
Muttern: Ja, zwoi Kilo. Mir hettet jo au selber welche, aber des sen solche Schnellerla, do brauchetse sechs Stück für a Quantum von oim.
K (lacht): „Schnellerla", des verstoht au net jeder.
M (wendet sich an eine andere Kundin): Jo? Frau Meier, wisset Sie net, was Schnellerla sen?
Frau Meier: Noi.

Muttern erklärt ihr, dass es sich um zu klein geratenes Obst handle.

K: So kloine gibt's au bei de Kartoffel, gelbe Riaba ond so. Die hoißet no au Schnellerla.
M: Ha jo! Des hem mir emmer gsagt. Ond wenn früher en de Epfel warsch, no hot's ghoißa: Do brauchsch nemme schittla, do hanget bloß no Schnellerla.

So. Das wäre geklärt. Zu beachten wäre noch, dass Schnellerla nicht zu verwechseln sind mit Schnepperla. Denn das sind bekanntlich andere Gewächse.

Alte Sprüche

Die folgenden Sprüche sind anonym tradierte, aufgespießte, frei entwickelte. Manche sind aber auch freie Entlehnungen von Aphorismen deutscher Dichter aus dem 18. und 19. Jahrhundert, darunter Friedrich Schiller und Julius Sturm. Der besseren Lesbarkeit wegen habe ich die Urheber nicht angegeben. Recherchieren Sie im Internet oder in alten Werkbänden selbst nach den Verfassern, Sie werden überrascht sein, welcher Spruch in welchem Kontext entstanden ist, was von diesen auf uns gekommen ist und was der Volksmund daraus gemacht hat.

Erwiderung auf Besserwisserei:
Tadeln können alle Toren –
aber besser machen nicht.

Ebbes Saubers isch glei butzt.
(Ein schöner Mensch braucht keine Schminke.)

Aus ema Krabb wird koi Buchfink.
(Manchmal hilft die beste Schminke nicht.)

War ein Mann faul, sagte man früher:
Der isch au gern do, wo scho gschafft isch, aber
no net gveschpert.

Im Alter…
An de Scherba sieht mr,
was en schener Hafa war.

Wenn ein Dämchen in Modeschühchen sich
beinahe die Haxen brach, dann sagte man früher: Stuagerter Schiala ond Hambacher Fiaß.
Oder: Die passt au eher en en Melkoimer als en
Stuagerter Schiala.

Wenn etwas einfach nicht klappen wollte:
Ha, do kenntsch doch grad katholisch werda!

Seufzer:
Herr, lass Abend werden –
möglichst noch heut' Vormittag!

Mit de Domme treibt mr d'Welt om.

Über die Fahrt auf holprigem Pflaster:
Do kommt oim jo dr Kendlesbrei wieder ruff!

Gute Wünsche für eine erholsame Nacht:
Angenehmes Flohbeißen – 's Kratzen kommt
von selber!

Über den Hochmut:
Er wirft den Kopf zurück und spricht:
Wohin ich schau nur Lump und Wicht!
Doch in den Spiegel schaut er nicht.

Wenn eine reife Frau immer noch ein Mädchen
sein wollte, sagte man früher:
A alte Kuah schleckt au no gern Salz.

Dr Fisch ond dr Gascht schdenket noch drei
Dag.
(Bleib nie zu lange auf Besuch!)

Und ist das Leben schön gewesen,
so war es Müh und Arbeit.

Wenn i dei Geld hätt
ond du mein Verstand,
no hätte mr boide nix.

Wenn jemand große Löcher in den Socken
hatte, sagte man früher:
Was koscht'n 's Pfond neie Ebbiera?

Du kannst nicht immer Liebkind sein -
sonst kommst du nicht weit.

Gelassene Risikobereitschaft:
Des probiere mr.
Wenn's nix isch,
no war's vorher au nix.

Das Leben macht nicht nur Geschenke.
Es nimmt auch.

In dera Welt dreht sich alles bloß om die drei B:
Beitel, Bombel, Bortmonée…

Die Liebe und der Suff,
das reibt den Menschen uff.

Die etwas Raueren:

Kocht han i nix,
aber guck, wie i dolieg!
(Wenn es der Hausfrau zu dumm wird,
ständig die Dienerin zu machen.)

Seufzer…
So hemmers halt, mir arme Denschtmädla –
ell Johr a Kend. Ond no hoißt's no, mr wär a
Hur.

Ach Gottchen,
sprach Lottchen,
fünf Kinder und kein Mann,
was fang ich bloß an?!

Jeder hot an Brand am Arsch.
Brennt er net, no gloscht er.
(Für niemanden wachsen die Bäume in den
Himmel.)

Inhalt

Schöntacknoch 7

Klemmle und Spengle 11

Hauptsache Nebensache 13

Weihnachtssingle 14

Chillen 17

Alles, was ich will 18

Vollmondin 20

Schimpfwörterkässchen 22

Tschau!? 24

Pornokompetenz 26

Waldbaden 29

Ärgernis 31

Lastrami 35

Gewissen 37

Forscherdrang 39

Das schöne Huhn 41

Der Froschmann 46

Boss und der Gerichtsvollzieher 53

Egon, das Krokodil 56

Mein Erlebnis mit Adonis 58

Mücke 64

Spargelzeit 65

Das Malheur 67

Wahre Liebe 69

Wunderheilung 70

Die Leiden des Dichters 75
Das Gänseblümchen 78
Das Männchen 78
Hen ihr jetzt elle au mein A… gsäh? 81
Ärztliche Behandlung 82
Schwäbischer Zorn 83
Mersibokumusie 85
Weihnachtspracht zum Ersten Mai 86
Schnellerla 87
Alte Sprüche 89

… und später traf ich auf der Weide
außer mir noch andre Kälber -
seither schätze ich den Wert von mir selber.

Frei nach Wilhelm Busch